KB021840

평범하지만
눈부셨던
순간들에 대하여

감성 포토 에세이

평범하지만 눈부셨던 순간들에 대하여

최재호 지음

추전사

우리는 최선을 다해 삶을 살아가고 있지만 정작 중요한 것들을 놓칠 때가 많다. 삶의 중심을 바라보기엔 우리의 자아가 너무 컸기 때문일 것이다.

이 시집 속엔 배려와 절제와 침묵이 아름답게 새겨져 있다. 생에 대한 진지한 질문을 가슴에 안고 삶의 중심을 통과한 자만이 얻을 수 있는 깨달음일 것이다. 대답으로 보이는 것조차 질문을 감추고 있으며, 질문 속엔 고요한 침묵이 머물고 있다. 그 침묵은 형용할 수 없는 힘으로 우리에게 감동을 준다.

마음 깊은 곳에서 꺼낸 그의 통찰은 우리에게 살아갈 희망을 준다. 무엇보다도 세상을 바라보는 시선이 깊고, 사람을 향한 시선도 깊어, 그의 시는 우리에게 풍경

너머의 풍경을 보여준다.

그 풍경은 밤과 낮의 경계처럼 아득할 때도 있지만 그 아득함의 거리가 아름답다.

그는 그의 시편처럼 자기가 꽃인 줄도 모르고 아름답게 살다가는 기린꽃처럼 살고 싶어 했고, 역풍을 가로질러서라도 당신이라는 낯선 섬에 가닿고 싶어 했다.

세상을 지탱해주는 힘은 인간이 만든 거대한 문명이 아니라 민들레의 눈높이로 다정다감하게 삶을 바라보는 최재호 시인 같은 눈빛일 것이다.

그의 시를 읽을 때마다 나는 그의 시가 말한 것처럼 막막한 골목길에서 만나게 되는 어머니의 위로와 어머니의 가난과 어머니의 장독대와 어머니의 눈물을 느낄 수 있었다.

　그의 시를 따라가다 보면 잃어버린 나를 만날 수도 있었고, 잊지 말아야 할 삶의 소중한 가치를 만날 수도 있었다.

　그것은 진실한 삶을 살고자 했던 최재호 시인의 끈질긴 노력이 우리에게 주는 값진 선물일 것이다. 그는 누군가의 편안한 쉼터가 되기를 소망했다. 그의 눈물겨운 시편들이 손에서 손으로 전해지는 '위로'와 '희망'과 '방향'이 되어 주기를 바란다.

2017. 11. 18.

이철환 『연탄길』, 『위로』 저자

프롤로그

맑게 개인 하늘이 아름다운 노을을 남기듯, 제 몫의 삶을 충실히 살아낸 내 인생의 궤적도 긴 여운을 남기는 아름다운 노을이고 싶었습니다.

뒷모습이 아름다운, 그래서 누군가의 그리움으로 남기를 소망했고 그 간절함의 무게와 깊이는 나날이 더해졌습니다.

마음의 샘터에 고인 오래된 생각들을 퍼 올려 한 권의 시집으로 엮어 낸다는 것, 어쩌면 아름다운 노을을 남기고 싶은 처절한 몸부림인지도 모릅니다.

삶이 결코 녹녹하지 않다는 것을 깨달은 어느 날 아침 어머니가 사무치게 보고 싶었고, 이루지 못한 꿈들이 아리게 다가왔고, 첫사랑의 간지러운 느낌이 눈물 나

게 그리웠습니다.

가슴속 깊이 간직했던 뜨거움을 참고 견디다 울컥, 뜨거운 눈물을 토해내는 간헐천처럼 뭉클한 무언가를 쏟아내고 싶었습니다.

성긴 내 언어의 그물로는 도저히 건져 올릴 수 없는 '인생'이라는 주제의 글짓기는 늘 무거운 숙제로 다가오지만 한편으론 감사의 노래이기도 합니다.

퇴근길, 매서운 겨울바람을 온몸으로 받아내며 꿋꿋하게 서 있는 앙상한 가로수를 보면서 '엄동설한, 발가숭이의 아픔을 견디고 이겨 내야 따뜻한 봄날, 아름다운 꽃을 피울 수 있다'는 생각을 했습니다.

겨울나무가 들려주는 긍정의 노래를 들으며 쉽게 포기

하고 절망하지 않기로, 좀 더 따뜻하고 겸손하게 살기로 다짐했습니다.

　연탄불같이 따뜻한 마음으로 흔쾌히 추천사를 써 주신 『연탄길』의 저자, 이철환 작가님께 감사의 말을 전합니다. 특별히, 내 삶의 의미이자 존재의 이유이기도 한 사랑하는 가족에게 당신들이 있어 행복하다는 말을 전합니다.

　사랑하는 사람과 함께 따뜻한 온돌방에 옹기종기 모여 앉아 서로의 온기를 나누며 마냥 흐뭇해지고 싶은 겨울밤입니다.

최재호

차 례

추천사   4
프롤로그   7

PART 1 꿈과 다짐

그런 사람이 되고 싶다   16
그렇게 살아야지   20
기린꽃   24
내가 만약 물이라면   28
미시령에서   32
슬프지만 그럼에도 불구하고   36
아름다운 내일   40
어떤 꿈 1   42
어떤 꿈 2   46
저녁 강가에 서서   50
통통하고 달달한 봄   54
기다림을 줄이며   58
바람개비   60

PART **2** **사 랑**

가족사진을 보며   66
고향 골목길에서   70
과감히 생략하면 1   74
과감히 생략하면 2   78
과감히 생략하면 3   82
그리움   86
당신의 존재로 눈부신 가을날에   90
당신이라는 섬   94
사랑하는 그대여   96
참다운 사랑   98
축의 의미를 생각하며   100
팔불출 아빠의 행복   104
별   106
엄마는 하인 나는 주인   108
혹시   110

PART **3**   **인 생**

2017년이라는 큰 산을 넘으며   120
경계선 위에서   124
궁금   126
나는 누구지?   128
따뜻한 가슴으로   132
비원, 가을 풍경에 물들다   134
산길을 걸으며   138
인생길   142
징검다리   146
처음과 설렘   148
하늘이 내 마음 같다   150
뒷간에 대하여   154
핑계   158
바다   160
겨울나무   164

PART

1

꿈과 다짐

가시에 찔리지 않고는
장미꽃을 꺾을수 없다

그런 사람이 되고 싶다

아무도 모르게
산을 산답게 가꾸어 내는
나무들처럼

수줍은 듯 숨어서
나무를 키워 내는
조용한 햇살과 바람처럼
은은한 향기로 다가가
누군가의 따뜻한 위로가 되고 싶다

해 지고 달 뜨면 밤이 오듯이
외로움은 누구에게나 찾아오는 숙명 같은 것
밤사이, 나무도 외로워서 울었나 보다
나뭇잎 촉촉이 이슬이 맺혔다

외로워서 흘린 나무의 눈물이 메마른 땅을 적셔
지친 생명을 일으켜 세우듯
누군가의 인생을 꽃피우게 할
찰진 거름이 되고 싶다

산허리를 돌아
묵묵히 아래로 흐르며

돌 하나, 풀 한 포기에게도
위로의 노래를 건네는
개울물처럼
낮은 곳에서
모든 것을 품어 안으며

누군가의
편안한 쉼터가 되고
든든한 버팀목이 되고
누군가의 흔들리는 삶이
단단히 뿌리내릴 수 있는
한 줌의 흙이 되고 싶다

나로 인해
고무되어 지고
존재함이 의지가 되는
그런 사람이 되고 싶다

그렇게 살아야지

늘 그곳에 말없이 서 있는
부동(不動)의 산처럼
언제나 푸르른 소나무처럼
거센 비바람에도 흔들리지 않는 굳건한 바위처럼
그렇게 살아야지

서로의 배경(背景)이 되어
아름다운 풍경을 만들어 내는 나무와 바위처럼
화려하지 않아도 함께 어우러져 아름다운 들꽃처럼
흐르다가 장애물을 만나면 차분히 기다리며
자신의 수위를 높여 장벽을 넘어가는 드맑은 물처럼
그렇게 살아야지

충직한 산지기로 살아온 등 굽은 고목나무가
마지막 투혼을 불태워 피워 낸
한 송이 꽃을 건네며
산에게 마지막 작별 인사를 하듯
자연의 섭리에 순응하며 그 모습 그대로
그렇게 살아야지

· 마 음 필 사 ·

기린꽃

시작과 맞닿아 있는
끝의 평온함
꽃잎 진 기린꽃의
고운 자태가 눈부시다

먼 여행길에서 돌아와
잠시 꿈을 꾸고 있다는
기린꽃의 붉은 미소가 애잔하다

빨간 볼을 비벼
서로의 온기를 나누며
마지막 남은 미련을 버리고
마음을 비우고 비워서
깃털처럼 가벼운 날갯짓으로
환하게 웃는다

삶의 정점을 지나
마지막 종착역에서 밀려오는 감격과 회한으로
붉어진 눈망울

기린꽃!
자기가 꽃인 줄도 모르고 아름답듯이
그냥 그렇게 자기 몫의 삶을 살아냈듯이
나도 그렇게 살고 싶다

기린꽃 그 붉은 입술이
먼 그리움에 맞닿아 있다

내가 만약 물이라면

잔잔한 물이
주변의 풍경과 하늘을 담을 수 있듯이

내가 만약 물이라면
말없이 산 그림자를 넉넉히 품어 안은
고요한 호수이고 싶다

더 깊이 침묵하고
더 많이 귀 기울이고

내가 만약 물이라면
한적한 오솔길의
드맑은 샘물이고 싶다

바위틈에 숨어서
말없이 피고 지는 수줍은 들꽃도
맘 편히 깔깔거리며
젖은 마음을 꺼내 말릴 수 있는

그 소박한 샘터에
나뭇잎 바가지 드리워 놓고
목마름에 지친 사람들이 해갈할
편안한 쉼터가 되고 싶다

잔잔한 물이
주변의 풍경과 하늘을 담을 수 있듯이
잔잔한 옹달샘이
겁 많은 산짐승의 놀이터가 되듯이
그냥, 그렇게
잔잔한 물이고 싶다

미시령에서

매서운 바람이 휘몰아치는
미시령 정상에 서서
더 낮아지고 겸손해지기로 했다

스스로 몸을 낮춰
땅과 수평을 이룰수록
몸이 중심을 잡고
바람 앞에
바로 설 수 있다는
평범한 진리를 깨달았다

미시령 정상에 서서
바람의 거친 질감을 온몸으로 느끼며
풀 한 포기, 돌 하나
나무 한 그루가 되기로 했다

욕심을 버리고
마음을 비우고
땅의 숨소리에 귀 기울여
땅의 온기를 받아 내야만
얼음보다 차가운 바람을 견뎌낼 수 있다

미시령 정상에 서면
바람에 풍화되어
한없이 작아진 내가 보인다
나도 자연의 일부가 된다

슬프지만 그럼에도 불구하고

영겁(永劫)의 시간 속에
인생은 찰나(刹那)
그 덧없음이 슬프다
그 덧없음에 무심했던
무딘 마음의 굳은살이 슬프고
슬픔이 그 슬픔으로
정화되지 않음이 슬프다
슬프지만 열심히 살아야겠다

꽃과 이슬과 청춘!
"덧없이 스러져 가는 운명을 가진 것들만 아름답게 만
들었다"는
그리스 신화의 이야기처럼
어쩌면 우리의 인생도 아름답기 때문에
덧없는지 모른다
슬프지만 그럼에도 불구하고
열심히 살아야겠다

· 마 음 필 사 ·

매일행복하진
않지만
행복한일은
매일있어

아름다운 내일

기다림을 품에 안고
고즈넉이 서 있는
내일은
아름답습니다

기다림이 가득한
내일은
또 다른 이름의
희망입니다

"내일은, 아직 아무것도 실패하지 않은 새날이라고
생각하면 기쁘지 않아요?"
〈빨간머리 앤〉의 명대사를 떠올리면서
가슴 설레는 내일이라는 새날을 기다리고 또 기다립니다

어떤 꿈 1

간절히 원했던 그 어떤 꿈이
한줄기 바람을 타고
저만치 날아가 버렸다

바람이 지나가듯 하는 말
"꿈의 존재, 그 자체가 하나의 축복일지도 몰라"

바람의 무의미한 위로도
위로가 되는
꿈이 부서진 날의 오후
그래서 아프다

꿈이 꿈으로 끝난 아픔
잘 익은 감이
툭 떨어지며 하는 말
"가을까지 살아냈잖아, 힘내!"

살아가는 것이 아픔이 되는
낙엽 진 인생의 가을
그래서 아프다

꿈은 꿈이라서 아름답다는 말
나는 나라서 아프고
당신은 당신이기에 아프고
아프다

꿈이 많은
나는
날마다 아프다

어떤 꿈 2

간절히 원했던
그 어떤 꿈의 좌절
심장 깊숙이 전해오는 찌릿하고 묵직함
지금 나는 온몸으로 아픔을 감내하고 있다

간절한 꿈은
왜 이루어지지 않는 것일까?
밤새 뒤척이며 꿈 앓이를 하고 있다

하얗게 밤을 지새우며
몸부림쳤던 허망한 현실의 눅직함
새벽 미명에 끝나가고 있다

바람이 아무리 세차게 불어도
언젠가는 멈추듯이
성긴 희망의 파편을 엮어
다시 꿈을 건져 올려야지

간절함의 그 간절함
아픔의 그 아픔
견디고 이겨 내리라 승리하리라
힘내, 끝내 이루어 내리라
희망의 끈을 놓치지 말아야지

비가 내리면
젖고
바람이 불면
흔들려

저녁 강가에 서서

노을이 내려앉은 저녁 강가에 서서
금빛물결에 실려
아슴아슴 멀어져 가는
기억의 조각들을 보았습니다

내 삶의 궤적이
저 강물을 따라 긴 추억이 되어 흐른다는 것을
이제야 알았습니다

저녁 강가에 서서
멀어져 가는
내 소중한 추억들에게
그동안 고마웠다는
작별인사를 건넸습니다

산 그림자를 이불 삼아
잠자리에 든
저녁 강가에 서서

살면서, 살아오면서
아쉽게 놓쳐버린
소중한 인연들은 없었을까?

곰곰이 생각하고
생각했습니다

좀 더 세심하고
겸손하게 살기로 마음먹으며
저녁 강가에
더 자주 나오기로
다짐했습니다

통통하고 달달한 봄

통통하고 달달한 봄이
종종걸음으로 달려와
폴짝, 내 품에 안긴다

금빛 햇살로 엮고, 쪽빛 하늘에 물들인
긴 추억의 실타래가
봄바람에 하늘거리고
안단테, 안단테 리듬에 맞춰
너울거리고

문득
나와 눈이 마주친 하늘의 별이
수줍게 웃고

나는 수줍은 소녀의 미소와
미소에 담긴
풋사랑의 두근거림을
별에게 전해 주었다

별, 별 꿈을 꾸며 먹었던
유년 시절의 별사탕
혀끝을 간질이는 달콤함을 음미하며

천천히, 아주 천천히
누군가의 이름을
오물거린다

통통하고 달달한 봄
내 품에 안긴 봄이
살갑고 뜨겁다

종종걸음으로 달려가는
봄을 따라
나도 함께 폴짝거린다.
나도 봄처럼
화사하게 꽃피우고 싶다

기다림을 줄이며

우리는 기다림을 숙명처럼 안고
살아가고 있는 것은 아닐까?
돌이켜 보면 무수히 많은 날들을 기다리며 살아왔다.

비 개인 하늘을 기다리고,
어둠이 사라질 환한 아침을 기다리고,
한 송이 꽃이 필 날을 기다리며...

버릇처럼 수많은 기다림 속에 갇혀 쫓기듯 살아왔다.
문득, '너무 많은 것을 원했기 때문에 기다림의 무게와
부피가 커진 것은 아닐까?'라는 생각이 들었다.
이제부터 욕심을 버리고 기다림을 줄이며
살아야겠다고 다짐했다.

인생은
단 한번 뿐이다

바람개비

"바람이 불지 않을 때 바람개비를 돌리는 방법은?
내가 앞으로 달려가는 것이지"라는
누군가의 말이 생각났다
그렇다면, 바람이 불 때 바람개비를
멈추는 방법은 없을까?
한참을 궁리한 끝에
"바람개비를 들고 바람과 같은 방향, 같은 속도로 달려
가면 멈출 수 있을 거야"라는
해답을 얻었다
성공과 실패는 '바람이 불거나 불지 않거나'의
문제가 아니라
도전하느냐, 포기하느냐의 문제라는 생각이 들었다

무엇이든 포기하고 싶지 않았던 내 젊은 날의 패기와
배짱!
"넌 할 수 있어!"라는 주문을 외며
당차게 부딪혔던 그 시절, 용기와 도전이 그립다
결코 포기하지 않고
마침내 목표를 이루었을 때의 성취감!
그 기쁨을 만끽하고 싶다

바람이 불어도 바람개비를 멈출 수 있고
바람이 불지 않아도 바람개비를 돌릴 수 있다

사랑

가족사진을 보며

세월의 흔적이 켜켜이 쌓인
오래된 사진들
가족사진을 보면
가슴이 뭉클하다

올망졸망 모여 앉아
서로의 온기를 나누는
익숙한 얼굴들
빛바랜 가족사진이
정겹다

생각하면 할수록 달고 오묘한 인연
우리가 가족이 되기 위해
얼마나 많은 우연과 필연이
교차되고 반복되었을까?

스쳐 지나갔던 수많은 인연들
그 인연의 엉킨 실타래를 풀어야 했고

눅직한 막힘과 뚫림의 경계를 넘어
두 사람의 만남이 이루어지고

우주, 그 어디쯤의 공간과 시간을 뛰어넘어
기적처럼 소중한 보물로 달려온 아이들
생각하면 할수록 달달하고 오묘하다

우주, 그 무한의 공간 속에서
우주보다 더 큰 원이 되어
하나가 된 가족
서로 닮아 애틋하고
서로 닮아 편안한 얼굴들

오래된 가족사진을 보며
문득 스쳐 지나가는 생각 하나
나는 아빠다
두 아이의 아빠
한 여자의 남편

출근길
지갑 속에 넣어 둔
가족사진을 꺼내 보며
씩씩하게 현관문을 나선다

나는 세상에서 제일 강한 사람
아빠다

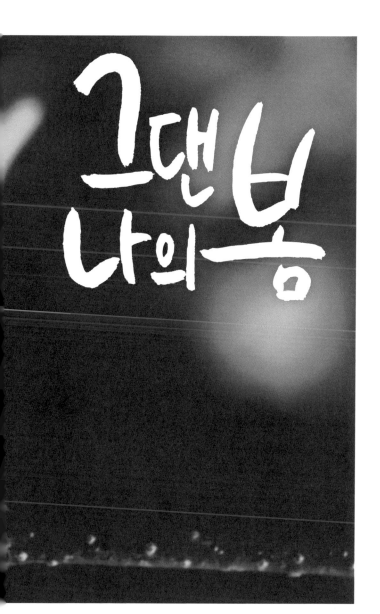

고향 골목길에서

능소화가 흐드러지게 핀
고향의 골목길에 들어서면
어디에선가 들려오는 익숙한 소리
아련하고 애틋한 소리가
귓가에 맴돕니다

술래잡기를 하며
깔깔거리던 친구들의 웃음소리
목청껏 날 부르며
밥 먹으라는 어머니의 목소리가
들려옵니다
골목길을 돌고 돌아
메아리칩니다

그 목소리가
너무 그리워
골목길을 헤매다가
아무도 없는 막다른 골목길에서
어머니!
큰소리로 부르며
눈물을 훔쳤습니다

능소화는 보고도 못 본 척
고개를 돌렸습니다
어깨가 들썩였습니다

능소화의 눈물이
그냥, 정겹고 고마운
고향의 골목길을 걸으며

추억을 신고 온 소리의 향연
그 아슴아슴한 황홀에 빠졌습니다

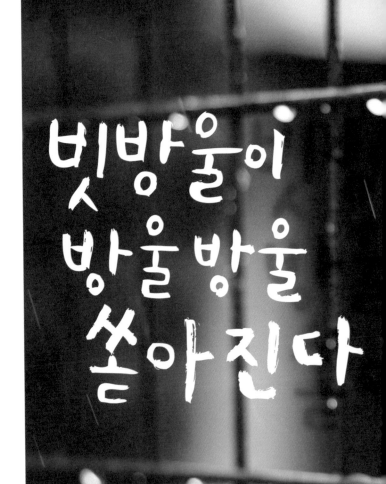

과감히 생략하면 1

과감히 생략하면
슬픔은
슬픔의 가장 끝
기쁨의 출발선에 서 있는
하나의 점

과감히 생략하면
기쁨은
슬픔 바로 곁에 서 있는
하나의 점

서로 닮아
애틋한 두 개의 점이
따뜻하고 정겹다

서로 다른 길을 달려온
두 개의 점
서로를 내어주며
살갑게 손잡으면
내 삶의 수평을 잡아주는
아름다운 선이 된다

지나치지 않게
모자람 없이
무겁지 않게
가볍지도 않게

과감히 생략하면
생략한 만큼
고요가 깃든 평온함이
보이고 들린다

다가갈수록 멀어지는
내 사랑도 마찬가지다

사랑도 생략하고
미움도 생략하면
사랑 곁, 미움 곁에 있는
두 개의 점이 만나
서로의 사랑을 온몸으로 확인하겠지
수평을 찾은 사랑이 눈물 겹겠지
과감히 생략하면...

과감히 생략하면 2

과감히 생략하면
이별은
이별의 가장 끝
만남의 출발선에 서 있는
하나의 점

과감히 생략하면
만남은
이별 바로 옆에 서 있는
하나의 점

과감히 생략하면
이별도 만남과 친구가 되고
미움도 사랑과 이웃이 되지
점과 점이 만나
서로의 숨결을 느끼고
마음이 겹치면
세상은 따뜻한 봄날이겠지

기쁨은 나눌수록 커지고
슬픔은 나눌수록 작아지듯이

생략하면 할수록
보이지 않던 것이 보이고
들리지 않던 것이 들리고
내 마음의 쉼터엔
고요가 깃든 안식이 찾아온다

저녁노을이 새벽 미명과 손잡고
서로의 체온을 나누며
서로를 품어 안으며
긴긴 밤을 견뎌냈듯이

모든 생략의
종착역은 사랑이다
나를 비우고 너로 채우는
사랑이다

과감히 생략하면 3

과감히 생략하면
존재하는 모든 것들은
하나의 점이 되어
가장 낮은 곳으로 흐른다

작아지기 위해
수없이 반복된 생략, 생략들
닦고 지운 티끌이
버리고 비운 마음이
맑고 투명한 거울이 되어
세상을 넉넉히 품어 안는다

녹슨 쇳소리와 소음도
생략의 과정을 거쳐 질서를 찾으면
아름다운 노래가 되듯이
얼음같이 차가운 사람들 사이의 장벽도
깃털같이 가벼운 점 하나가
하하 호호
간질이면
눈 녹듯이 사라지겠지
미움과 원망도...

과감히 생략하면
세상은
맑고 푸르고 고요해지고
살아 있음의 감사가
온 세상에 메아리칠 거다

생략은
늘
황홀하다
황홀한 생략!

그리움

포물선을 그리며
창가에 살포시 내려앉는
종이비행기처럼
너에게 다가가고 싶다

더 늦기 전에
내 사랑을 전하고 싶다

그리움은 노 젓지 않아도
흐르는 배
내 마음의 돛은
언제나
너를 향한다

그리움의 바다에
마음의 편지를 가득 실은
조각배 하나

그리움의 바다인 너와
조각배인 나
한줄기 산들바람에도
몹시 흔들리고 설렌다

마음의 편지로 종이비행기를 접어
너의 창가로 던진다
살포시 내려앉은
내 그리움의 편지

그리움이 있는 한
나는 분명 살아 있음을

당신의 존재로 눈부신 가을날에

당신의 존재(存在)는
꽉 찬 우주의 벅차오름
당신의 부재(不在)는
텅 빈 우주의 공허함입니다

먹먹함과 벅차오름의
절묘한 조화
당신이 부린 요술입니다

내 깊은 영혼의 샘터에서 길어 올린
한 두레박의 눈물과 당신의 환한 눈웃음이
화학반응을 일으켜
내 가슴 고이 간직한 하늘에
당신이라는 무지개가 꽉 차게 걸렸습니다

· 마 음 필 사 ·

그립고 그리워서 눈물이 나는 사람
말하지 않아도 보지 않아도 느낄 수 있는 사람

스쳐 지나가는 한줄기 바람 속에도
눈부신 햇살에 잠시 눈을 감아도
당신은 늘 그곳에 있습니다

낙엽 진 가을날
당신이란 이름은
온통 나를 감탄사로 불타오르게 하고 있습니다
그래서
나는 행복합니다

당신이라는 섬

당신이라는 그 먼 섬에 닿기 위해
달뜬 마음의 돛을 달고

순풍에 마음을 실어
사뿐히
때론
탁류와 역풍을 가로질러
숨 막히게

에두르고 휘돌아
마음의 닻을 내린 곳
당신이라는 낯선 섬
당신의 섬에
닿았습니다

사랑하는 그대여

사랑하는 그대여
그대가 나를 악기로 연주하면
나는 가장 아름다운 소리로 울고 싶소

가시나무새의
절절한 울음소리
그 소리에 화음을 맞춘
간절한
내 마음의 소리를 들어보세요

사랑하는 그대여
마음의 문 활짝 열고
기다리고
기다릴게요

잘 마른 목관악기에서 울려 퍼지는 청아한 소리
그 소리를 따라
내 마음 깊숙이 들어오세요
사랑하는 그대여
그대여

참다운 사랑

빈 들에 선 한 그루 나무보다 더
지독한 쓸쓸함을 견뎌내야 하고
가슴 저미는 아픔을 곰삭혀
향기로 만들 수 있어야
참다운 사랑을 만날 수 있다

하늘이 너무 맑아 눈물이 나고
바다가 너무 맑아 눈물이 나고
스쳐 지나가는 그 어떤 맑은 풍경 속에서
누군가의 얼굴이 떠올라야
참다운 사랑을 찾을 수 있다

간절하지만
아직도 진행형인
참다운 사랑이란
나에겐
참으로 어려운 숙제...

축의 의미를 생각하며

나는 너의 단단한 축(軸)이고 싶었다
동그라미를 그리는 컴퍼스처럼
너의 시작점에서
중심을 잡아주는 축

험한 세상 풍파에도
흔들리지 않는
든든한 버팀목 같은 축
그런 축이 되고 싶었다

단단한 축이 되어
너와 함께
동그란 세상을 만들어 가는 꿈
동그라미 속에 담긴 꿈은
사랑이다

너의 축이고 싶었지만
나의 축은 늘 너였다
축은
늘 그렇게
서로의 마음을 이어주고
축복하는 출발점이다

축의 의미를 생각하며
나는
너를 축으로
동그랗게 사랑을 그리고 있었다
동그라미에 담긴
무지개가 눈부시다

팔불출 아빠의 행복

요즘 나는 행복하다
딸아이가 꿈을 이뤘다

카톡으로 보내온 여러 장의 사진 속에
원하던 대학 캠퍼스에서의 즐거운 일상이
알차고 토실해 흐뭇하다

아무렴, 그렇지
너는 충분히 자격이 있고
축복을 누릴 준비가 되어 있는
자랑스러운 내 딸이다
그래서 고맙다

활짝 웃는 얼굴
행복한 모습

그래, 그래
너보다 엄마가
누구보다 아빠가 더 행복하다
그래서 고맙다

"사랑은 아낌없이 주는 것"이라는
그 말과 느낌의 공감
아낌없이 주고도 더 주고 싶은 것
그것이 사랑이지

너의 기쁨으로
아빠는 요즘 일상이 기쁨이다
그 기쁨을 내가 더 누리기 위해
끝까지, 최선을 다해 지켜주기로 했다

사랑한다는 말로는 부족한
내 소중한 가족
상큼한 가을바람의 설렘만큼
팔불출 아빠의 행복

별

최다현

어두운 밤
험하기만 한 길 위에
까마득히 멀기만 한 나의 길

외로운 밤
두렵기만 한 길 위에
까마득히 멀기만 한 나의 길

문득 하늘을 올려 보았을 때,
나를 지켜봐주는 별 두 개
나도 몰래 나를 따라온 별 두 개

내가 걷는 이 길이 너무나 험해서
하늘 한 번 올려 보지 못했지만,
언제나 그 자리에서 나를 비춰준 별 두 개

이 험한 길 위에
행여 내가 다치기라도 할까
더욱 밝게 비춰준 별 두 개

땅만 보며 걷고 있을 때
반대편에서 걸어오는 누군가에게
내가 여기 가고 있다는 걸 알리려
나를 비추는 별 두 개

별이 환하게 비추는 오늘 밤
무섭기만 한 이 길을
두렵기만 한 이 길을
무섭지 않게
두렵지 않게
걸어간다

나도 모르는 사이에
내 마음속 별이 쏟아진다

별이 쏟아진다

엄마는 하인 나는 주인

최형광

엄마는 하인 나는 주인
엄마 내 교복 왜 안 빨았어
미안해 엄마가 미안해
엄마 밥 왜 안 차려 놨어
미안해 엄마가 미안해
엄마는 미안하다는 말밖에
할 줄 모르나 봅니다.

엄마는 하인 나는 주인
엄마 밥해줘
그래 알았다
엄마 옷 빨아줘
그래 알았다
엄마는 알았다는 말밖에
할 줄 모르나 봅니다.
엄마는 하인 나는 주인

만약, 다시 태어난다면 지금 나의 부모님의 엄마로 다시 태어나고 싶다. 그래서 그들에게 받았던 무한하고 엄청난 사랑을 돌려주고 싶다. 그들이 나에게 준 사랑의 반에 반도 갚지 못하겠지만 그래도 그 사랑을 조금은 아주 조금이라도 돌려드리고 싶다.

— 10여 년 전 딸과 아들이 쓴 글

혹시

혹시, 잃어버린 것 없으신가요?
햇살의 눈부심과 연초록 새싹의 상큼함
방금 얼굴을 내민 뽀얀 꽃망울의 입김
봄바람의 간지러움, 그 간지러움의 간지러운 느낌
간지러움 끝에 걸려 있는 눈물 한 방울

혹시, 잊어버린 게 없으신가요?
하늘의 양털구름과 무지개, 반짝이는 별
마음과 마음이 통해 일렁이는 설렘과 두근거림
그 두근거림의 끝에 매달려 있던 그리움 한 방울

혹시, 잊으시고 잃어버린 것 없나요?
첫사랑의 알싸한 추억과 이별의 아픔
아지랑이에 아른거리는 얼굴, 얼굴들

당신은 혹시, 기억하고 있나요?
청춘의 열정과 순수, 방황
무작정 떠난 먼 여행
그 길에서 만난 낯선 풍경들
시골 간이역의 한산함과 여유로움
마지막 기차를 놓쳐 버렸던 막막함
그 막막함의 골목길에서 만나게 되는 어머니의 위로
어머니의 가난, 어머니의 장독대, 어머니의 눈물

참, 까마득하게 잊고 살아왔네요
기억이 나요
모두 제가 잃어버린 것이네요

기억하고 싶어요
다시 찾고 싶어요
그립고 그리워서 눈물 나게 하는 보석들

더
늦기전에
지금
말하세요

인생

흔들리되
부러지지마라

2017년이라는 큰 산을 넘으며

높은 산을 오르는 일이나
인생의 험한 고갯길을 오르는 일
힘들고 고통스럽기로 말하면
마찬가지다

인생이라는
큰 산을 넘으려면
큰맘을 먹어야 한다

극험한 산봉우리와 거대한 암벽을
가로지르고
거센 비바람과 폭풍우쯤은
온몸으로 받아낼 수 있어야
큰 산을 넘을 수 있다

도저히 종잡을 수 없는
인생이라는 불규칙 바운드를
즐길 수 있어야
목적지에 닿을 수 있다

굽이진 인생길과 닮은
수많은 고갯길을 지나
2017년 종점에 닿았다

이제, 산허리에 마지막 해가 걸리고
붉은 노을이 강물에 실려
까만 어둠속으로 사라져 가면
2017년은 한때의 추억쯤으로 기억되는
다시 돌아갈 수 없는 과거가 된다

2017년이라는 큰 산을 넘으며
지나온 길을 되돌아본다

참 많이 아쉬웠고
참 많이 무거웠고
참 많이 아팠던
수많은 참, 참, 참들이
참 많이 그리울 거다

미완의 한 해
끝없는 기다림도, 이루지 못한 꿈도
나를 지탱해 준 든든한 뿌리였거늘
언젠가 우리, 추억이라는 이름으로 다시 만나자
2017년이여
안녕

경계선 위에서

시작과 끝, 자정과 정오
안과 밖, 이쪽과 저쪽
고통과 기쁨, 좌절과 희망
빛과 어둠, 무한과 유한...

모든 경계에는 꽃이 피었다
경계선에 핀 꽃이 바람에 날린다
꽃의 향기가 바람에 날린다
바람 따라 멀리 날아간다

경계선 위로 꽃비가 내린다
바람에 흔들린다
흔들린다
흔들리다가 멈춘다
흔들림과 멈춤
나였다가 내가 아니었다가...

지금의 나(我)와 미래의 나(我)
두 개의 나(我)는
지금, 그 예리한 경계선 위에 서 있다

꿈이
바로앞에
있는데
왜 팔을 뻗지
못하는가

궁금

사람들은 말한다
길을 가다 문득
아름다운 풍경을 보았을 때
마치 영화의 한 장면 같다고

사람들은 또 이렇게 말한다
청춘남녀의
풋풋한 사랑과
어느 노부부의
애틋한 이별을 보면서
마치 영화 속 주인공같이
슬프고 아름답다고

문득, 궁금해진다
내 인생이라는 무대에서
나는 어떤 영화의 주인공일까?

누군가에게 긴 여운과 감동을 주는
그런 영화의 주인공이면 좋겠다
잊혀지지 않는
오랜 기억으로 남고 싶다

· 마 음 필 사 ·

나는 누구지?

나는 나를 모르지
나는 내가 누군지 몰라
알면 알수록 모르는 게
너무 많아
나는 누구지?

나도 나를 모르지
나도 내가 누군지 몰라
오래전 만나
익숙할 때도 됐지만
왠지 낯설고 불편해
내가 누구지?

나라고 믿어왔던 나
내가 아니라고
애써 외면했던 나

서로 다른 두 개의 나
그래서 늘 외롭고 허전했을까?

두 개의 내가
하나의 나로 되는 유일한 방법은

사랑?
사랑일 거야
그래, 사랑이야
사랑

그래도
내가 누군지 궁금하다
나는 누구지?

따뜻한 가슴으로

눌 더러 물어볼까? 나는 슬프냐?
세상이 너무 아름다워
날마다 운다는 어느 시인처럼
나도 살아 숨 쉬는 것에 감사하며
날마다 울 수 있을까?

아름다운 것을 보면 시상이 떠오르고
흑인연가를 들으면 괜시리 두 눈에 눈물이 괸다는
어느 정치인처럼
나도 넉넉하고 따뜻한 가슴으로
그렇게 살고 있을까?

비원, 가을 풍경에 물들다

보이지 않아도 존재하는 것들이 있다
나뭇잎을 기다리는 땅의 간절함
깃털처럼 가벼운 우주의 중력
나뭇잎을 간질이는 가을바람의 속삭임
낙엽에 마음을 실어, 누군가에게 보낸 그리움의 편지
그 그리움의 그리움...

계절의 끝자락에서 만난 만추(晩秋)의 비원(祕苑)은
천상의 화원이다
지상에 존재하는 형형색색 빛의 향연
잘 익은 가을이 눈부시다

존재하지만 보이지 않는 것들이 있다
찰진 색감과 질감이 주는 묵직한 자연의 섭리
마지막을 불태우는 나뭇잎의 기도
생성과 소멸, 순환의 원리
절정의 순간에 느끼는 찰나의 행복
따뜻한 위로와 사랑과 추억

만추의 비원
빨강 노랑 주홍, 빛의 향연으로 분주하다
꽉 찬 순홍빛으로 엮은
가을 사립문을 열고
가을 깊숙한 곳으로 들어왔다
아니, 가을이 내게로 달려왔다

아, 가을에 취해 행복한 하루
몸보다 마음이 앞서고
마음보다 먼지 가을비기 앞서
낙엽을 적시고
젖은 낙엽 내음이 그리움을 불러내
촉촉이 적시고...

나도 지상의 누구에겐가
눈부신 사랑이고 싶다
보이지 않지만 존재하는 그 무언가의
사랑이고 싶다

산길을 걸으며

고요가 고요를 부르고
마음이 마음을 부르고

하늘이 하늘을 부르고
바람이 바람을 부르고

나직하게 부르는 목소리를 따라
서로에게 따뜻한 눈길을 주고
서로가 서로에게 의지가 되는
한적한 산길을 걸었다

적막이 적막강산이 되어
휘돌아 가는 바람과 강물에
제 몸을 맡기고

슬픔이 슬픔을 부르고
기쁨이 기쁨을 부르는

아무도 없는 산길을 걸으며
들꽃에게 묻는다
누가 내 마음을 알까?
누가 내 슬픔을 알아줄까?
보듬어 안아줄까?

서로가 서로에게
위로가 되고 싶은
산길을 걷는다
솔숲에 여울물 소리가 정겹다

인생길

시간의 수레바퀴
그 아슴아슴한 궤적을 따라
새근거리다
아장거리다
뒤뚱거리다
폴짝거리며
숨 가쁘게 달려온 길

시간을 품은 공간을 가로질러
두근거리다
흔들거리다
휘청거리다
이글거리며
종종걸음으로 지나온 길

인생은
시간의 수레바퀴를 타고
그렇게 흘러간다
흐르면서 길이 되는
인생길

산다는 것은
영겁의 시간
그 어디쯤의 한줄기 바람

징검다리

인생이란
살면서 만나게 되는
'수많은 장애물들을 옮겨
징검다리로 밟고 지나가야 하는
수고로운 길'이라는 것을
새벽 강가를 거닐며
깨달았습니다

처음과 설렘

인생이라는 가파른 오르막길을 오르며
숨 막히게 살아내고 있는
힘겹고 버거운 삶!
나는 내 몫의 삶을 충실히 살아내고 있을까?

삶에 관한 수많은 정의 중
"산다는 것은 수많은 처음을 만들어 가는 설렘의 여정"
이라는 말이 참 좋습니다
'처음'이라는 말의 몽글몽글한 느낌과
'설렘'이라는 말의 말랑말랑한 질감이
나를 설레게 합니다

내 삶의 여정에서 만나게 될
세상의 어떤 슬픔과 기쁨도 '설렘'이 되는
멋진 삶!
나도 누군가의 '처음'이고
'설렘'이고 싶습니다

하늘이 내 마음 같다

하늘이 내 마음 같다
높고 푸르고 맑다
당신의 선물이다

옥빛 하늘에 걸린
뭉게구름, 새털구름, 오색구름이
눈부시다

당신이라는 샘터에서
갓 길어 올린 두근거림
한 사발, 그 속에 담긴 하늘이
하늘거리고
당신의 미소가 찰랑거리고
차츰 수평을 찾아가고...

하늘만 보면
당신 생각이 난다

하늘만큼 땅만큼
소중한 사람
소중한 인연

높고 푸르고 맑은 하늘이
내 마음 같다

뒷간에 대하여

우리는 보물같이 소중한 것들을 너무 쉽게 지나치고
무시하는 우(愚)를 범하며
살아가고 있는 것은 아닐까?
화장실의 옛 이름, 뒷간도 그중의 하나다.

어린 시절, 시골집 뒤쪽
텃밭과 통하는 곳에 뒷간이 있었다.
버리고 비워서 인간의 가장 원초적인 본능에
충실하게 했던 뒷간은
불교에서는 근심을 해결하는 곳이란 의미의
'해우소' 라고 부른다.
뒷간은 없어서는 안 될 소중한 장소이자
철학적인 공간이다.

또한, 뒷간은 땅을 비옥하게 할 거름을 생산하는
비료공장 같은 곳이다.
뒷간과 가까울수록
채소는 싱싱해지고 열매는 튼실해졌다.
인간이 버리고 밭에 뿌려져
거름이 되고 흙으로 돌아가는 자연의 섭리!
버린 곳에서 수확을 하는 원리,
뒷간은 순환의 시발점이다.

그동안 잊고 살았던 뒷간을 생각하며
"무엇이든 하찮은 것은 없다"는
평범한 진리가 가슴에 와닿았다.

핑계

인생이라는 주제의
글짓기는
늘 무거운 숙제로
다가왔다

쓰고 지우기의
반복
픽션에 가까운 글이
부끄러워서다

잊은 게 아니고
잊기 위해 몸부림치고
속은 게 아니고
속아준 것이라는
부끄러운 핑계

좀 더 솔직해야 했고
당당해야 했고
따뜻해야 했고
감싸 안아야 했다

오늘도 버릇처럼
쓰고 지우기를 반복했다

가면 쓴 하루가
아프다

나름 최선을 다해
살아왔다고 믿고 싶지만
인생이라는 글짓기는
영원한 숙제다

바다

바다는
늘 새로운 시작을 말한다
나와 처음 눈을 마주쳤을 때의
그 모습 그대로
처음을 말한다
처음의 나를 말한다
처음과 너무 멀어진
나의 나다움을 말한다

처음의 나와 함께했던
바다에 서면
늘 아프다
빛바랜 순수와 열정
잊고 살았던 설렘이
그렇고
돌아가는 길이 너무 멀고 까마득해
슬프다

바다는
늘 오래된 기억을 말한다
그 기억의 처음과 끝, 첫사랑을 말한다
첫사랑의 풋풋함을 말한다

나의 첫사랑을 기억해 낸
바다도
바르르 떨며
출렁거린다

쉼 없이 밀려오는 파도
바위에 닿아 잘게 부서지는
물거품의 순백함이
눈부 시다

늘 새로운 시작을 말하고
늘 오래된 기억을 말하는
바다는
처음의 내 자리
원래의 집으로 돌아가는
나침반이다

겨울나무

때론 빛이 바랬을 때
더 큰 의미로 다가오는 것들이 있다
겨울나무가 그렇다

엄동설한
매서운 칼바람에 맞서며
발가숭이의 아픔쯤이야
견디고 이겨내야
마침내 아름다운 꽃을 피울 수 있다며

꿋꿋하게 서 있는
겨울나무는
언 땅에 시린 발을 딛고
두꺼비 등짝 같은 맨살로
꽃 피는 봄날을 기다리고 있다

때론 빛이 바랬을 때
더 아름답게 느껴지는 것들이 있다
갈대가 그렇다

뿌리까지 흔들리는
거센 비바람이 휘몰아쳐도

결코 쓰러지지 않으며
바람의 결을 따라
춤추듯, 눕고 일어서는

갈대는
바람의 리듬에 맞춰
소중한 생명의 씨앗을
날려 보내며
희망의 노래를 부르고 있다

존재하는 모든 생명은
존재의 이유가 있다
빛이 바랬을 때
큰 의미로 다가오거나
빛이 바래도
아름답게 느껴지거나...

평범하지만 눈부셨던 순간들에 대하여

펴낸 날	초판 1쇄 2018년 1월 25일
지은이	최재호
펴낸이	이금석
기획·편집	박수진, 박지원
표지 캘리그라피	이일구
디자인	최종명
마케팅	곽순식
경영지원	현란
펴낸 곳	도서출판 무한
출판등록	1993년 4월 2일 제3-468호
주소	서울 마포구 서교동 469-19
전화	02-322-6144 팩스 02-325-6143
이메일	muhanbook7@naver.com
홈페이지	www.muhan-book.co.kr

가격 12,500원

ISBN 978-89-5601-364-0 03810